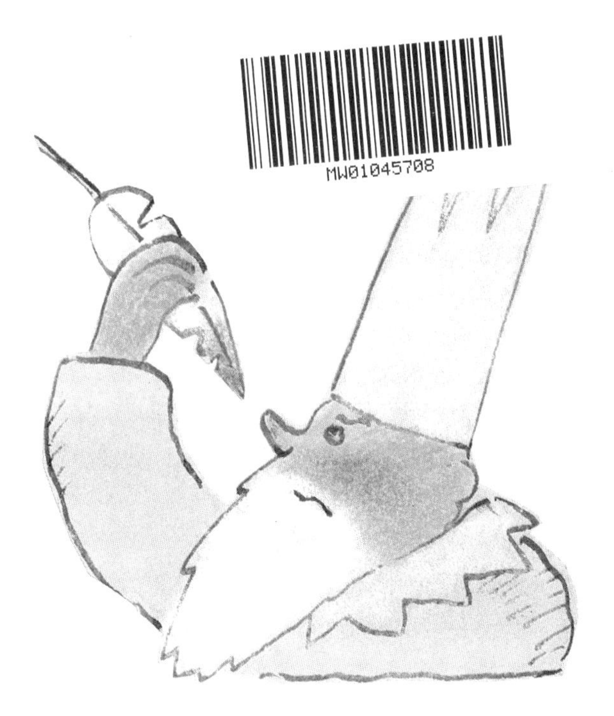

Le roi qui ne pouvait pas éternuer

Castor Poche
Flammarion

ISBN : 2-08-162873-2
ISSN : 0993-7900

Il y avait une fois un roi qui n'était ni trop méchant ni trop grognon. De sorte que l'on était heureux dans son pays.

Mais ce roi avait une habitude, il avait une habitude, ce roi : il commençait la journée par un éternuement formidable :

« ATCHOUM ! »

ATCHOUM

Et alors, les gens de la cour qui attendaient le réveil du roi accouraient dans sa chambre à coucher et criaient tous en chœur :
– A vos souhaits, mon roi ! A vos souhaits !
– Merci, merci, répondait gaiement le roi. Belle journée ! Où sont mes pantoufles ?

Et on procédait à sa toilette.

La journée commençait dans la joie, car le roi avait richement, profondément éternué.

Le cuisinier allumait le feu dans la cuisine, les serviteurs couraient dans les couloirs du palais pour apporter l'eau chaude, les dames d'honneur cueillaient des fleurs dans le jardin, et le bonheur régnait sur le palais et sur la ville et sur le pays, car le roi avait... Atchoum ! éternué.

Mais ce matin-là, le bon roi essayait d'éternuer, et il ne pouvait pas. Il regarda en l'air, il se pinça les joues, il se chatouilla les narines, mais rien ne venait. Et cependant, l'éternuement était là, là au bout du nez... Il... il devait arriver... At... At... At... il devait...

Énervé, le roi sauta du lit et tira le gros cordon en or. Et tous ceux qui attendaient le réveil du roi accoururent dans une grande inquiètude, car on n'avait pas entendu l'éternuement et c'était mauvais signe.

Le roi allait et venait en chemise de nuit, de plus en plus agité. Il s'arrêtait une seconde :

– At... At... ça vient... At... At.. ça y est...

Et on s'empressait, et on lui tenait la main, et on l'encourageait.

– Non, pas encore...

Les gentilshommes de la chambre l'habillèrent avec beaucoup de peine et l'assirent sur le trône. Mais il ne pouvait tenir en place.

– At... At... Je n'arrive pas, je ne peux pas... Si, si !! il me semble...

Toute la cour se précipitait, les gardes préparaient leurs trompettes et gonflaient leurs joues pour annoncer le grand événement... mais rien ne venait. Le plus triste, c'est que personne ne pouvait l'aider, le pauvre roi.

Le médecin prescrivit un bain de pieds... pouah ! cela énerva le roi davantage.

Dans le palais, tout fut bientôt en proie au désespoir.

Le feu s'éteignit dans la cuisine, le travail cessa, les dames d'honneur se réfugièrent dans le salon de la reine pour pleurer, et les gardes mirent leurs trompettes par terre et croisèrent les bras avec tristesse.

Et ce n'est pas fini !

Comme le roi ne pouvait plus recevoir les ministres, rien n'allait plus. On ferma les magasins, on ferma les écoles. Chacun rentra chez soi et on ferma les volets.

De temps en temps quelqu'un ouvrait sa fenêtre et demandait à la voisine:

– Avez-vous des nouvelles ?

La voisine secouait tristement la tête et les volets se refermaient. Ah ! ce qu'on pouvait être malheureux !

Un seul personnage du palais continuait son travail car, avec ou sans éternuement royal, son cœur était toujours gros et ses journées étaient toujours tristes. Pauvre garçon ! C'était le jardinier du roi.

Il était tendre et doux et, parce que tout le long de la journée il ne regardait que de belles choses, ses yeux brillaient comme deux étoiles.

Et pourquoi donc avait-il le cœur gros, ce petit jardinier ?

Et bien, je vais vous le dire : il aimait la princesse, oui, oui, oui, la fille du roi, depuis le jour où il l'avait vue à la fenêtre.

Mais la princesse ne connaissait pas le jardinier et ne se demandait même pas d'où venaient les belles fleurs qu'on lui portait chaque matin. Et ce matin-là, elle avait bien d'autres soucis, vu l'état du roi. Elle décida d'aller voir sa vieille nourrice, qui habitait au grenier du palais.

Elle retroussa sa robe et monta l'escalier en courant.

La nourrice tricotait. Elle était si vieille qu'elle confondait les pelotes de laine et les chats couchés sur ses genoux. Mais elle connaissait beaucoup de choses et avait des conseils pour tout le monde. Et je crois qu'elle savait même que le jardinier aimait la princesse.

– Il faut sortir le roi, dit la nourrice, et l'asseoir dans le jardin sous le pommier.

– Pourquoi sous le pommier ? demanda la princesse.

– J'ai une idée comme ça, répondit la nourrice.

Et la princesse descendit l'escalier en courant et alla porter la nouvelle à la reine.

Alors on installa le roi sous le pommier, on y porta son trône et...
– At... At... ça y est, non, non, pas encore !...

Il faisait si bon ce jour-là dans le jardin — un jour d'automne — et le pommier avait de belles grosses pommes rouges qui se balançaient sur les branches.

C'était le petit jardinier qui l'avait planté, ce pommier.

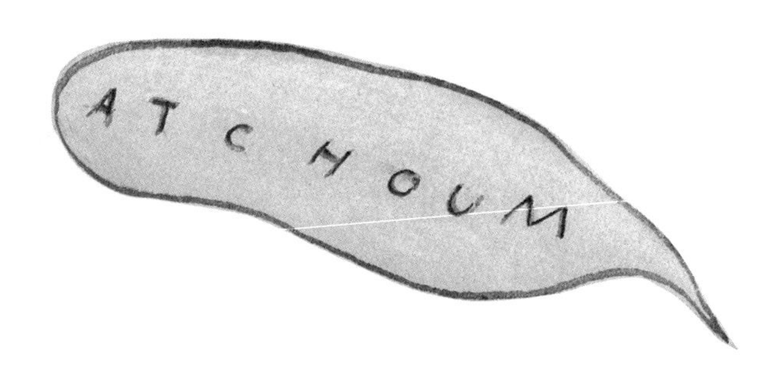

Et voilà qu'au moment où la cour s'empressa de nouveau autour du roi, le doux vent d'automne secoua tout à coup le pommier et la pomme la plus ronde, la plus rouge, la plus grosse, tomba sur la tête du roi, juste dans la couronne.

Je ne sais pas ce qui fit le miracle (le bruit ou la peur) mais le roi... éternua.

Comme ça : « ATCHOUM ! »

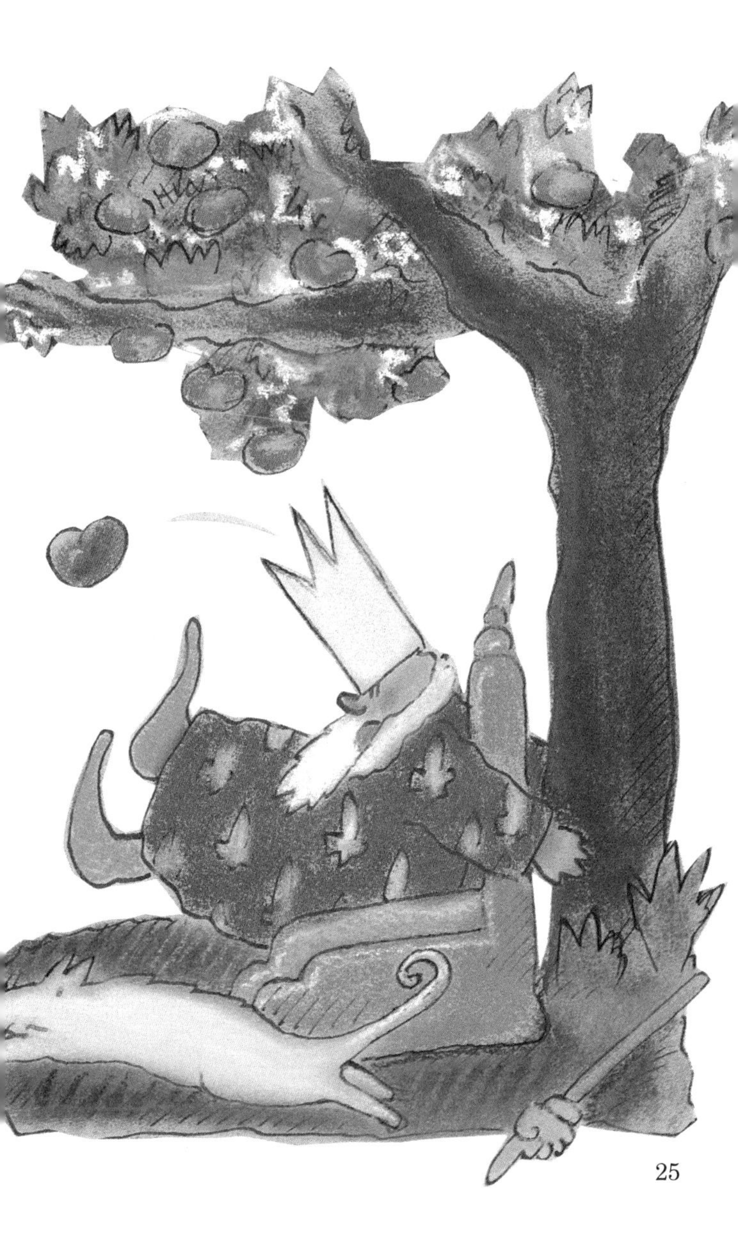

Victoire ! Victoire !

Les gardes soufflèrent dans leurs trompettes; on accourut de partout pour entendre la merveilleuse nouvelle : « Le roi a éternué ! le roi a éternué ! il a éternué, le roi ! » et on ouvrit les volets, les gens descendirent dans la rue, et tout le monde était content.

Et pendant ce temps, dans le jardin, le roi demandait :
– Qui mérite récompense ?
– Le pommier, le pommier ! crièrent les dames d'honneur.
– Il faut lui faire une grille en or...
– Il faut lui accrocher des pommes en argent...
– Il faut l'arroser de parfums...

Mais la nourrice, qui avait péniblement descendu l'escalier en entendant le bruit de tonnerre de l'éternuement royal, dit :
– La récompense est due à celui qui a planté le pommier.

Et on amena le petit jardinier.

– Qu'est-ce que tu désires ? lui demanda le roi.

– La main de la princesse, répondit le jardinier modestement.

Et il regarda la princesse bien en face avec ses yeux d'étoiles.

– Oh !... mettez-le à la porte ! l'insolent ! le fou ! on n'a jamais vu ça ! cria la cour en s'agitant.

Mais la princesse regarda le joli et doux jardinier et répondit doucement :

– Je veux bien.

Et l'on fit les préparatifs
du mariage.

Aubin Imprimeur, Poitiers - 08-1989 - Flammarion et Cie, éditeur (N°16075)
Dépôt légal : septembre 1989 - N° d'impression P 31412